JN219964

夢見坂廃物公園

大橋弘 歌集

典々堂

*目次

装本・秋山智憲

歌集

夢見坂廃物公園

軽すぎて飛ばない

ゆびさきはいつもむらさき花冷えをもたらす蝶がおりたつところ

根拠なき自信も月に届いたらやぶけて中身が出ちゃうはずだよ

この付近まで海でしたその海のえくぼのようなタンポポの顔

分度器で角度を測るいもうとの気配が残る部屋のゆうぐれ

決められた席に着かねば人間と人魚の境は見えてこないよ

淡雪に乗り降りされて北欧の暗さを持ったまま待つ終電車

僕たちはいつも言葉に霧雨を滲ませながらはじめる、旅を

時雨、あすもたまたまこの星が生き延びるならつめたく降って

いもうとの裸の肩を打つ雨よ、いちどは珊瑚を洗った雨だ

五分後の世界が好きよ洋梨のちょうどくびれるあたりが、五分

羊歯のごとくはびこる怒りわれにありその根を浸す冬の水色

さざなみのよせるいもうとひざとひざすぐくっつけて少しを開く

あめがやんだ。ようやくきみとてをつなぐそのありさまのきみどりいろで

敷き詰めたタイルをむしろひとつずつ剝がす僕らの恨みかたかも

いつ羽根が生えたか鳩に訊いてみる、鳩は答えず近づいてきた

橋は目に見えないけれどこの岸とあの朝焼けの岸を結ぶよ

ひとりでにうまれてすぐにきえていくつきのとなりのももいろのつき

春蟬の香りをさせていもうとがまだマフラーを畳んでいない
僕たちの部屋を見たさに飛んでくる白鳩みんなつらそうな羽根
立ちくらみしているうちは月となりおさまればすぐ砂漠になって

やまばとは枝に止まればだれひとりしらない海の深さをぞ鳴く

人間は罠の仕掛けも上手とはいえないい今日も朝焼けが来る

うそをつく。うそのしくみがこころからおなかのなかにおちてきたとき

この世にはミントの集まる場所がありきみの背中のくぼみがそうね

毎朝、というのが嫌で山裾をたちのぼらない霧になりたい

もうじき枯れる桜の暗い懐にわざわざ抱かれにいくおまえたち

この世には牡丹の数だけ三叉路があってすべてに雨が降ってる

よのなかのふへいふまんとともにいてしばしばあかくなるよにくまん

薔薇、いつも苦しむことがよろこびのはじまりなのねつぼみのままで

一生のうちでもっとも焼売に近い今年も暮れてゆきます

その日その日を夢に見て

少しずつ霧の速度に慣らされて自分が貨車になった夢、とか

落ち葉にはちちははがある輪郭を鉛筆書きでなぞってゆけば

眠られぬ夜のわたしが細やかに印刷されて枕は黒い

からっぽのつぼみふくらむじぶんからじぶんのこえがもれでるあさは

はんぺんのおなかを割いて物欲を詰めたらおかずになってしまうよ

鏡には夜明けが写り込んでいて決して自分に見せてはならぬ
おりこんでおいたすべての想定はどくだみでした抜かれてしまう
こだわらないようにしているこだわるといつしか青い空になるから

鳥だったことなどないがいもうとに好きだと言ったとき鳥だった

雨の夜は茗荷を刻む音させてひとの悪事を見送りましょう

嫌なこと見ないで済ます癖だってたまには温めなおすといいの

それよりかひとのいうこと何でもさ信じるなんて春の宵だよ

紫陽花よここまでおいで人間の首から下が待っているから

屋根の上そこには海の底があるあなた以外は気づいていない

わたしには分身がある谷を越えてもう戻らない綿毛のような
自由といっても僕の場合は押し入れに隠した雲のことだよ
近鉄の普通電車は（おしなべて湖水を持てば）雨の日が好き

欠伸してようやく星のちりばめを終えたわが身に届く朝焼け

ひとさまの視線に触れたことのない露草それが謀反のしるし

いにしえのならのみやこのみみたぶのいろにまちがいないけさのつき

曇り空から落ちてくる一つめの檸檬になりたいすぐになりたい

空間のどこかに肉まんたちがいる冬を信じてしまいそうなの

ドアノブよなにもお前に青空を返してくれとは言わねえけれど

人生というよりクリームパンなのよほんとうにそう、通勤なんて

当事者、といいつつお尻にしっぽすらついていなくて眠ってばかり

樹下。青きいもうとの背の窪みから受け止めきれぬほどもしたたり

雨だれはいまもときどき置き去りにされるわたしの足踏みの音

一斤、という単位にはそのむかし山吹色のいもうとがいた

下降線をたどっていますみなさんでハンカチ落としやってるうちに

落ち着け。放物線の内側の霧ふかき野で待っているから

鳥たちと路上の冬の移り変わりを

たちならぶ通勤の人それぞれの樹冠を鳥よ、出入りしなさい

明るさに目が慣れるまで黙々と巣材を運ぶ山鳩になる

虹という漢字を生んでこの世から静かに去った雨たちのこと

校庭というまっすぐな生き物が生きてるなりにこっちを見ている

うたたねはたぶん天秤だと思う、 ほら菜の花に傾いていく

いもうとのやや低き声、端末のひとつひとつに薔薇を置いている
もの自体になれる気がする周囲から心がないと言われるからね
めくりあげて白い砂地をのぞかせるいもうとのみが持つ夏の空

かたつむり。あやうく明日の生き方を決めそうになりすぐに眠った

時計には針があるのに林檎にはない、ほら冬はおわりはじめる

刺客には刺客のための地吹雪がありその陰でひよこ生まれる

蜜柑より後に眠りに落ちたのがもうありありな顔色ですね

茹であげたスイートコーンのつぶつぶにまれに入ってます羅生門

はるじおん。すべてを知っているだけで刈られてしまう白い首たち

ひとはみな言葉に代わる止まり木を持たず明日から鳥になれない
あなたにも荷物置き場が空っぽのまま暮れてゆく土曜日はある
あと一年あわれ地球があるならば便所掃除はしないでおこう

わたしにはわたしのいない朝がありは雨がその日を満たしていくよ

わたしってほんとは存在しないけど短歌を詠んでるときだけ、やまめ

いま、蝶があまくだりきて東京の梅雨はあけゆくそれからの闇

エレベータにたったひとりで乗るなかれむらさきいろに連れていかれる

冬の雨。雨にも生きて死ぬまでのその場限りの光は宿る

いもうとの地形に沿ってのぼりおりする明け方の雲の舌さき

たぶんどの雲から降りてきたかすら知らぬまま見るいもうとの耳

あまおとがねむりをつれていもうとのからだをひやすあきはきにけり

人体をこうして炬燵に入れながらしょせん水母でいいのだよ、俺

嘘をつくその楽しみを忘れずにいたくて今日も水際に立つ

枇杷の花もうじき咲くよ劣勢に終わる会議のすぐかたわらに

腰かけただけでわかるよ椅子なのかもしくは坂を下りているのか

いもうとは喉もと青き鳥たちに取り囲まれて目を覚ましたり

いまここで世界がなくなるまで

目に見えぬものが雲ならその雲に乗れないはずがない、夏の朝

脳がない。あっても林檎かもしれないようやく眠りにつくつかのまは

何もいいことのなかった寝入りばな茄子のかたちに縮みこむまで

長針は時計にとって雲だからまひるまときに見えなくなった

雨音の色の夜明けを写しとりよそ見のように開く、つゆくさ

霧雨はひとのかたちをまねて降るすべての島を湿らせるため

朝、ひとが港になろうとする意志をなにゆえ拒む雲の厚みよ

本当にそう思うならこの枇杷をお尻ではなく手で剝いてみろ

凪の日は凪の重さの声が出る。部屋を明るくしてはいけない

いつとなく鮎の弾みを抱いたままいもうとの手は眠りにおちる

満月をだれもがタダで貰えると思うおまえの飛行機雲よ

世界が終わるまでにはあなたの霜月をあたためあたためことりにしたい

回顧することのうちにも湖はあるその滑らかな水面の音

爪切りはお願いごとも一緒くたに切ってしまうよ花弁とともに

人の世のほぼ半分はタンポポがよそ見しているうちに過ぎさる

わたしにはあたかも背骨を線路から盗んだような翌朝がある

雲は雲で不安になれば消えそうな尻尾を出したまま消えてゆく

自分だけ良い子ぶってる掃除機という奴がいて毀すべし、今

なぜそんな心の狭い明け方の入江に注ぐ川になれるの

いま空の狭い区画に逃げてゆく鳥になることのみ許されて

夢見坂廃物公園＊栞

笹川　諒
吉野裕之

2025/04　tentendo

こころを軽くしてくれる謎

笹川　諒

一生のうちでもっとも焼売に近い今年も暮れてゆきます

初めて大橋の歌に触れる人は、この「焼売」にびっくりするだろう。焼売にはみっしり中身が詰まっているが、その大きさは小ぶりで一口サイズ。このような焼売の性質を踏まえると、主体にとって「今年」がどのような一年だったのか、色々と想像がふくらむ。何か明確な答えがあるわけではない。大橋の歌には、一首一首に自由な読みを可能とするための大きな余白が用意されていて、読み手はその余白を存分に楽しむべきなのだ。わからない歌、と思う人もいるかもしれないが、そもそも世界のあらゆることはよくわからないのだから、さもわかったふうに書くこと自体が、ある意味で不誠実なのではないか。この歌集を読み進めていくと、だんだんそんな気分になってきてしまう。

人生というよりクリームパンなのよほんとうにそう、通勤なんて

もう一首、食べ物が登場する歌を。毎朝の通勤の煩わしさを詠う際に、クリームパンを持ち出してくるところが、この作者の稀有な個性だと思う。通勤というルーティーンを「クリームパン」として自分の人生の埒外にカテゴライズすることで、こころの平穏を保とうとしている。クリームパンは主食にはなりにくいおやつ向きの食べ物だから、人生（主食）とは別物だということだろうか。また、通勤は甘くてふわふわのクリームパンみたいなものだ、という自己暗示をかけることで、こころの負荷を軽減させようという狙いもあるのかもしれない。この歌のように、現実のままならなさ、負の側面に、詩のスパイスをほんのひとさじ加えることによる現実自体の変容・解体の試みは、大橋が非常に得意とするところだ。

大橋の文体についてもここで言及しておこう。基本的には口語で、一字空けをまったく使用せず、この歌のように句読点や独特の語り口のバリエーションで、読み手に揺さ

ぶりをかける。時にはすべて平仮名表記の少し肩の力の抜けた歌もあり、まさに自由自在の詠みぶりだといえる。

いもうとの裸の肩を打つ雨よ、いちどは珊瑚を洗った雨だ
ここからは坂道。ぼくといもうとがひとりひとりになるための雨
いもうとよきみにすあしがあった日のそのさむがりをだいじになさい

そして無視できないのが、時々さらっと挿入されている「いもうと」の歌。これらの歌は、歌集の他の歌と比較すると、歌意自体はわかりやすい。しかし、いったいどのような意図でこれらの歌が歌集にちりばめられているのかを考えはじめると、なかなか難しい。主体から性的なまなざしを向けられる虚構の少女でありつつ、主体自身の内部に潜む無垢の象徴でもあるような、きわめて多面的な存在なのだ。

鳥たちの寿命を延ばす旅をするそんなつもりのおやすみなさい

睡眠に関する歌は何首かあるが、この歌はとりわけ印象深い。自分が眠る時間の分だけ他者の寿命が延びてゆくという、ユニークかつ深い慈愛に満ちた発想。こんな優しい空想をしながら、穏やかな眠りにつきたいものだ。大橋は、食欲・性欲・睡眠欲という三大欲求を何らかの動力源として詩を立ち上げることが多いように思う。大橋は言葉によって現実の再構築を図ろうとするタイプの歌人だといえるが、そのようなタイプには珍しく、歌の根っこが主体（作者）の身体と地続きであるような感じがある。

世界が終わるまでにはあなたの霜月をあたためあたためことりにしたい
国境というよりこれは胡瓜ですすべては水でできております

今回の第四歌集に収められた作品は、二〇二〇年以降に詠まれたとのことだ。新型コロナウイルスの流行、ウクライナやガザの戦争について、はっきりわかるかたちで詠われた歌はない。しかし、これまでの大橋の既刊歌集と比べて、全体的に湿りや翳り、終末の気配を帯びた歌が増えているのは、前述の世界情勢と無関係ではないだろう。〈世界〉への意識という点にも注目して読んでみたい歌集だ。

新宿を出ると電車はカーブする見たこともない言葉の方へ
こんばんは。教えて蝶の体重を明日の夜明けの糧にするから
卓上の塩が朝から夢心地らしいの早く振ってあげなきゃ
人類がかしわ餅から学ぶべき二つのうちの一つを食べた
徒歩で行く。わたしは鳩をポケットにしまったままの大人ですから

ここまで色々と書いてはみたものの、正直、謎だらけの一冊であることは間違いない。この歌集の一首一首に込められた、こころをふっと軽くしてくれるような謎を、まずはゆったりと楽しんでほしい。

美しく手ごわい韻律

吉野裕之

著者・大橋弘さんとはじめて会ったのは一九九〇年代の終わりごろ、「桜狩」という、ユニークで魅力的な人びとが集う場所だった。お互いに三十代の、いま思えば、なんだか恥ずかしいような、しかしとても大切な時期に出会うことができたのだったと思う。穏やかでありながら確かであることが、集う人びとの、彼への信頼だった。僕もそのひとり。もう二十数年の時間が経ったのだ。

トンカツの衣といえば夕闇の滲む速度で揚げるものです
箱ばかりたくさんあっていれるべき階段がないまひるにひとり
あれが夢の断片ですね消えていく飛行機雲のおしりのあたり

先の歌集『既視感製造機械』（二〇二〇年）は、たとえばこんな作品を収めている。「昨日だったか、年月日も思い出せない昔だったのか、でも必ず見たはずの何か。靄が掛かったようで、それが何だったのか、もう思い出すことは難しいけれど、今日も、おそらく明日も、その次の日も、私にはそれが必要なのだ」。そして、「あとがき」の最後にこんなことばを置く。「それ」という二文字がさわやかだ。大橋さんの韻律はなかなか手ごわい。しかし、このさわやかさが、ここを信じれば大丈夫、そう思わせてくれるのだ。

今、すこしずつ春になっていくひかりのなかで、新しい歌集『夢見坂廃物公園』の初校を読んでいる。にがつ、あるいはきさらぎという響きは美しい。この一冊も、美しい韻律をたくさん収めている。そして、むろん手ごわい。

本当にそう思うならこの枇杷をお尻ではなく手で剝いてみろ

アイスクリームの数だけ嫌いな奴がいてもう真夏まで待てないぐらい

いつか自分が二つに割れて冥王星、海王星と名づけられる日

たんぽぽに入門すればよいのです自分を好きになれない朝は

天と地をつなぐすべてのたまごにはミケランジェロが入っています

まず、こんな作品を引いてみる。三首目はフォーマル、五首目はカジュアル、といったことぐらいはわかるのだが、なかなかたいへん。意味を取ろうとすると逃げようとして、しかし意味を取ろうとせず、ではどうしたらよいかよくわからないけれど、慌てず騒がずゆっくり向き合っているととてもチャーミングな表情を見せてくれる。つまり、意味で共有しようとしないこと。

分度器で角度を測るいもうとの気配が残る部屋のゆうぐれ
かたつむり。あやうく明日の生き方を決めそうになりすぐに眠った
そんなことはありえない。そう思うとき虹の足場は失われている
朝というあればあるだけ使いたくなるものだけどけさはいらない
いつまでも走りださない電車から影だけ降りて満員のまま

それに対して、意味で共有できそうな、ふっと入ってくる作品。私たちは、揺らされているのだ。そう、心地よく。世界は意味でつくられているわけではない。多くの人が知っていること。しかし、不安から逃れるために、人は意味を求めようとする。私たちは、社会を健全に維持するためのもの／ことの網がほどけはじめている、そんな時を生きているのだと思う。その編み直しのためにことばは何ができるのか。大橋さんの韻律は、短歌という形式のしなやかさとしたたかさを信じながら、そのことを探っていく試みなのではないか。意味で共有できる、できないといったこと自体でなく、共存させることによって往復する、あるいは同時に受け取ることを通して世界の幅の広さと奥の深さを再確認しながら、そのことを探っていく試み。それという、必ず見たはずの何か。私たちも、おそらくそれを見ている。だからこそ、心地よく揺らされるのだ。

死ぬまでに受けた数多のサービスの止まった秋の朝の家鳴り
アイスクリーム三口程度摂取したあとにも止まる心臓のあり
死顔というものがあり死のあとの顔の白さに見つめられてる

最後に、「挽歌」と題された一連から引いておきたい。挽歌は難しい。しかし、大橋さんはそう思わせない自然さで提示する。それが、彼の表現の力なのだと思う。

光には影がつきものそれならば薔薇を咲かせてくださいすぐに

青空に傷をつければいいのにといもうとは言う。泳ぎが苦手

世の中の嘘の全てを集めても渋谷川にはならないから、平気

おにぎりをふたつに割ると虚空しか出てこないのね冬はどこなの

終点に着けば電車の自重には少し冬至が加わるのです

見た目には春なのだけど鳥たちの脚のしまわれ方をよく見て

みんな彼方へ行ってしまった雨雲が冬の夜空を連れてくるころ
天井がおれのからだを押しつぶすその草原のぬくもりだけで
時間切れでこの世が海に沈むとも薔薇を掲げる場所はまだある

泣きそうなあなたの影に近づいてわたしは雲の濁りを聞いた

浮舟に乗った言葉が辿り着くところ

柚子。いくつお風呂に浮けば本州と四国を足した広さになるの

蟬が鳴く。そんなに軽い生き方でよかったのかと言われましても

アイスクリームの数だけ嫌いな奴がいてもう真夏まで待てないぐらい

内線。取り次いだのに洞穴につながりやがて切れちゃうわけよ

どこへいくにも雪雲だったひとごとのように生きると決めたのだから

まどろみの部位をわたしに見せながらいもうとは行く海までの道

殺意って迷路をたどるうちに増え、もうどうしよう甘くなりだす

今すぐに眠りの中におちてゆき樋から漏れる雨になりたい

はちみつをたらしてあとはなでるだけばらのつぼみはひとだまである

世の中に縦と横とがあるように俺の短歌に岐阜県がある

にせもののおおぜいいればそのうちにひとりはにしびをあびるのもいる

正しくてただそれだけの歌であって脱水槽に直行させる

言葉にはときに言葉でないものが混ざるよ鳥は卵で増える

月世界、からおりてきた俎板もたまには漂白してあげないと

立駐、という塩分の濃い湖があれば短く停めたいと言う

線路には雨を受け止め行き先を電車に告げるかなしみがある

痕跡について伺いたいのですきみはこころに持っていますか

根拠なき言葉ばかりを言うわけよ薔薇の喉から生まれでた身は

間隔をおいて植えられ咲きそうになると死んじゃうお花ばっかり

にんげんよひとりでいると一人ではいられないほど海が深まる

まっさらなわたしがあるというけれど薔薇に触れたらなくなっちゃった

いつみてもたった一つの行き先に汚染されてるぼくらの切符

新宿を出ると電車はカーブする見たこともない言葉の方へ

聞き返す仕草がきみをすこしだけ鳥の仲間に戻しているよ

桃と桃の離れる音が聞こえくる雪のさなかの朝戸あければ

いりぐちとでぐちがおなじおふとんにもぐりゆくのねいそぎんちゃくは

家家にはるじおん咲きだれひとり生き残らない東京が好き

やまばとよきみのからだをすりぬけて春が聞こえてくるから鳴いて

手遅れの味がするかも百円でたくさん買った缶コーヒーは

たてよこにななめがあればガスレンジだと思うのよ、あとは浮力ね

大きな大きなめぐり

夜明けってなんだか国境なんですよわけもないのに威張るんですよ

雨が雪に雪がしじまに変わるのを猫のまなこで見つづけながら

こんばんは。教えて蝶の体重を明日の夜明けの糧にするから

人間はたまごを茹でて固くする不安に耐えて生きていました

寝つけずに自分を軽いひとだまのロールキャベツと信じ込みつつ

うつしよの黄色をすべてあつめたらおまえの色になるのか雨よ

まもなく散って二度と集まることのない霊によく似た愛着がおれ

いつか自分が二つに割れて冥王星、海王星と名づけられる日

あめのなかそぞろにあゆむはとのいてわがさすかさにはいりきたれる

青ければ青いほどよく眠れるとうわさの白い鳩サブレーよ

鳥たちの寿命を延ばす旅をするそんなつもりのおやすみなさい

冷蔵庫、見よう見まねでいきてきたわたしですので青くみえるよ

いずれみなメロンの皮になるんだよここでやる気を出してどうする

てのひらのたったひとつのゆでたまごたぶんわたしのねいりばなかも

冬は来る。あれほど奇数の足音でやってくるよと言ったのだから
ひと雨のあとの静けさだれひとり地球の顔を見たことはなく
このまちを作るようにも南からたくさん雲の指が集まる

少し遅れて立ちあがるとき先に立った炎は既に消えかけている
まはだかを月のましたに持ち出した。まだ濡れてない港みたいに
何ごとも決まった答えを言わされているひとびとの顔の小鳥よ

ゆでたまごその中心に木星が溶け入りついにとまるしゃっくり

ゴムまりが赤く膨らみゆくにおい、その朝以来、人間嫌い

帰りゆくひとびとの背の暗さかな冬は僕らを逃がしてくれない

バス停にバスを待つとき捨てられたキャベツの芯になりかけている

京都から奈良へ向かえば月影は普段づかいの三倍になる

いもうとの踵の固さもういちど木陰に生まれ変われるほどの

たんぽぽに入門すればよいのです自分を好きになれない朝は

一人勝ちしようとしてる貴君らの頬に貼りつけたいよ、たこ焼き

すかしみる夜明けの空がだれひとりもらさず青く染めてゆくのを

国境というよりこれは胡瓜ですすべては水でできております

もういちど取り出してみたい夢

これまでの理屈がおよそ通じないキャベツ、レタスがもうじき来るぞ

東京にいくつ穴ぼこ掘ったなら逃げ切れるわけ他人さまから

ヒトとして終わっていても肉まんとなればまだまだ始まってない
わたくしを立たせるための雪は降るいずれ消えゆくひかりとともに
後悔は意外とあたためやすいので市販のカイロで間に合うぐらい

残されたこの世界にも水はある飲む人のないその清澄よ

いくつかの下着を干して乾かせり薔薇を伴う入り日に向けて

ゆきさきの知られぬ線路その下に雨の模刻は埋められている

紫陽花が底まで見せて青いのは人を裏切る徴なのです

肩こりをそのまま家に持ちかえる耳成山の夜露のほどの

見ず知らずの芋虫だけど徐々に増えてやがてわたしになってしまった

擦り切れたほうの自分を押し込んだポストを濡らす雨よ、いますぐ

ひとりごといつもはじめとおしまいをつなげておけばうそにならない

座っても立っても朝が来ることは確定らしい、信じないけど

にんげんのからだのよすみにねぶそくをしみわたらせるたんぽぽのはな

ねえ鳩はどこに帰るの帰るまでギリシャの音で呟きながら

おまえらの嘘は見通し。溶けつつあるこの棒アイスたぶんはずれね

雨、降れば海は狭まりこの薔薇の蕾に二つおさまるぐらい

欲望をこらえきれないわたくしにかぶさるごとく咲くよ木蓮

花びらというほど軽いひと突きでたまごを割ってほぐしておいて

明日からは殺意のように首を垂れ白いご飯を食べていきます

花の持つ揚力にふと触れたのに夜があけたら人になってる

ときどきは羽毛となって目をさましみんなに秋をわけてあげたい

夜の雨の匂いをかげばだれもみな少し濁った空き瓶になる

屋外の過去を取り入れ屋内の過去と交換する、換気扇

冬至には冬至の音で右足をまず布団から出してみなさい

この歌集もう読みたくない毛糸から毛糸が生まれ海になるほど

何もかも終わったあとはスリッパがお口を開けて待っております

沖を見ているあなたから流れ出す十一月の抱いて欲しさよ

青空にひとつ生まれてすぐ消える裂け目があって見つめられてる

雨が過ぎ去るのを待っていた

ごく初期の地球が雨を吸ったあと孤独の色は青に決まった

橋梁がひと跨ぎする黒々とみんなに無視されている冬の海

ぼくたちのだらしなさにはにわとりがうめこんでありきょうもなかない

そんなことはありえない。 そう思うとき虹の足場は失われている

よあけまでもうすこしですねむるまでひとひとひとだまほどのへだたり

ここからは坂道。ぼくといもうとがひとりひとりになるための雨

弁解をすればするほどフィットするわたくしというマスクがあった

卓上の塩が朝から夢心地らしいの早く振ってあげなきゃ

もう、子供じみた世間の噂など餃子の具にもならないわけよ

そこにいて。そして静かに溶けてゆく雪の匂いのうなじを見せて

見えない雲のあたたかさから落ちてくる冬の雨ありだれも濡らさず

天井は誰のものでもない死者のものだとしたら桃色すぎる

あまおとをくださいぼくはうつせみのいろのふとんでねむりつづける

やりようがないのよこんな見せかけのお猿の手帳に予定を書いて

この世には淡雪があるあきらめてしまったきみを抱きしめるもの

数日後、この世すべての葉脈を宥めるための秋風が吹く

終末のふわふわ過ぎる座布団に座っていると私も木霊

日付けなき手紙は来たり冬がなお最終行に居座っている

天井を見ていて、 そこは人間が猫となるのを許してくれる

森にみちる朝とおんなじ色をしたきみの手指をあたためている

爪を切る。どこから自分が蛇になる長さなのかはわからぬままに

生きているドア、時々死んでいるドアの両方があるぼくらの駅に

都会には都会に住まう鳩がいて糞も予言の位置から落ちる

前向きな議題は一つもない午後の柔らかなもの噴火口、ほか

蜘蛛の巣が頭の中に湧いたとて蝶が捕まるのならいいじゃない

くちにすることばすべてをさよちどりいつかはそらにあずけてみたい

あと五分電車は来ないだれひとり歪んでいない地上の駅に

わたしにはイチゴどころかミカンまでそばにいるので生き延びている

聞き耳をたてれば雪はひらひらと小鳥の羽根の音で地面に

わが指を雨の降る木と熄んだ木にすばやく分かついもうとの指

傘をさしたときにだけ見える花

生まれてもいないうちから虹を見たそんな記憶もある雨の日は

月の入りをまだ見ていない僕たちは船員だったことがないから

人類がかしわ餅から学ぶべき二つのうちの一つを食べた

忘れっぽい。すべて柘榴のせいなのにまた反省をしようとしてる

いまプリンに匙を突き刺しほんとうと嘘のあわいを黄色くしたの

長きものに巻かれることの増えてきてその巻き方の桃色が好き

いもうとのレモンピールをちりばめたお風呂あがりの痛点をみた

虫除けという山吹の色をした霧をからだの谷間に、　尾根に

雪は今日もひとりひとりのさかしらな頭を隠すためにも降るよ

タイマーが風を止めてもももちどりまだたむろする明け方の部屋

煮卵になるかもしれぬ球体の上を左右に行き行く人ら

気がつけばひよどりたちに囲まれて手に持つ何もない春の朝

耳たぶを明るくさせて夏至を待つ眠るさなかも明るいままで

ながつきよながいねむりのさめぎわのみずべにくだるかいだんのかげ

準備してうまくいくときその逆に蝶が出てきて間違えるとき

猿ほどな脳の中身を捨てたあと咲けばダリアになれそうな朝

がまんしたそのがまんから絞り出すお酒を飲めと言われましても

嫌なことをきみに伝える瞬間の雲の平たい広がりのこと

もうないよ上なんてないい下もないいただいるだけのペンギンだもの

枇杷の実の転がり方でわかります次にどなたの夜が明けるのか

いくたびも思い出すのは鳥である証拠なのかもきみの後れ毛

水面に似たわたくしの悔やみですときどきですが陽も射すのです

びわのみをむくまもおしみなつのへやいまいもうとがぬぎすてたおと

現実のみなさんきょうもこんにちは空っぽなのに重そうですね

徒歩で行く。わたしは鳩をポケットにしまったままの大人ですから

花冷えはぼくをこんなに遠くまで歩かせているまもなく海へ

錠剤は小さいなりにぼくたちの見えない空をつきつけるのだ

鳴かぬままいつかは鳴くと思わせて木の間がくれに消える山鳩

洋梨をどこに置こうか空間のどこかに置けば朝になるから

路面には雨よりほかに頼る者がいないのだろう、しみてゆかない

挽歌

湯沸かしの種火が点かなくなり父の旅路は今しどこのあたりか

死ぬまでに受けた数多のサービスの止まった秋の朝の家鳴り

アイスクリーム三口程度摂取したあとにも止まる心臓のあり

死顔というものがあり死のあとの顔の白さに見つめられてる

父の手が裏返されて白くなる雲のすべてを集めつくして

吸いのみに残された水。とろみ持つ水は揺すっても揺れずに

処方薬なおひと月分残りいるひと月分は服す予定の

にぎにぎを握りしままに逝きたれば握り自体が手に残りたり

紙でできた父のようにも思わせて半分だけの月が出てくる

雲の切れ目を見ているよ、猫

「にんげんはてんしになるとはんろんをしなくなる」って猫が言ってた

鉢植えのパンジー水が足らなくて北半球が縮んでしまう

春蟬が吸った樹液の量にみあうけさの寝起きの血圧だった

うつろうと思っているとうつろいの中に潜んでいる蛇になる

生きて帰ることしばしばに及ぶゆえもうこうもりと呼んで、わたしを

朝というあればあるだけ使いたくなるものだけどけさはいらない

靴下の跡がくっきりいもうとよ、きのこの傘をさしていこうよ

さかみちのかたちにそっておりてゆくきさらぎのあめ、あめはるりいろ

空耳に教えてもらうあれは雲、ひとりぼっちで生まれ出た雲

いつまでも走りださない電車から影だけ降りて満員のまま

ベランダに李白がいる、と気づく日の瞳の中の水流のいろ

ふみきりは次に生まれるいきものが見える場所です鳴り止むを待て

青空はにせものだけどときどきは河童の声で「ほんもの」と言う

いもうとよきみにすあしがあった日のそのさむがりをだいじになさい

目前に世俗の川が流れおりしばし惰性の鴨を浮かべて

ふてくされかたにも葉っぱのうらおもてがあって、きみのは裏だ

この椅子に座るあなたのまっすぐな背をくだりゆく雨になりたい

からだからすでにこころはすべりおちやがてさかなになるひはくるよ

あ、俺は眩暈なのかも白昼を立ってるだけで井戸になるもの

人間をつぎつぎ倒す形にて朝のくすのきから風がくる

胃薬の青い部分を先に飲みあとから大地の部分を飲んだ

手のひらに乗るほど小さな駅ならばいいのに蟬が止まりにくるよ

逆夢もふたつみっつとおりたたみ、しまえばじきに夏空になる

わたくしは、　実際だれにも、　伝わらない、　ように詠うよ、　まずはわたしを

青空は暗い電車が終点に着くころそっと目を閉じている

枇杷の実がいくつも落ちて潰されてあなたの夢は生きていますか

天と地をつなぐすべてのたまごにはミケランジェロが入っています

ぼくたちが眠りについて知っているわずかのことはクリームサンド

ひとつしか口を持たないポストあり。夜の出し入ればかりしている

おはようと言えば言うほどひきこまれもう夜明けからたんぽぽでした

後書

光栄堯夫が主宰する桜狩短歌会に辿り着かなければ、私は短歌を続けてこられなかったと思う。桜狩短歌会は既に解散してしまったけれど、そこで培った数々のことが、なお私に短歌を続けさせている。今回ついに、「桜狩」で発表した歌が一首もない歌集をまとめることになった。でも今になって気づく。まだ私は、長い長い桜狩の途上にいるのだと。桜は特に好きな樹木でもないが、桜狩は好きなのだと。

本書は、二〇二〇年刊行の第三歌集『既視感製造機械』以後に発表した作品から取捨選択するとともに、いくつかの未発表作品を加えて再構成したものである。

章題のうち、「その日その日を夢に見て」は佐藤春夫『田園の憂鬱』の本文から、「大きな大きなめぐり」は立原道造の詩「晩き日の夕べに」から引いたものである。

本歌集上梓にあたり、お忙しい中を栞に御文をお寄せいただいた吉野裕之さん、笹川諒さんに厚くお礼を申し上げます。吉野さんの作品の揺るぎない佇まいに私は、常に自分の行くべき先を照らされてきました。笹川さんの選び抜かれた言葉が織りなす作品には、生き返るような気持ちを授かりました。お二人から御文を賜ったことは何ものにもかえがたい喜びです。

装幀を御担当いただいた秋山智憲さんのおかげで、あちこちに存在するのに、後になってみないと気づかないい夢見坂廃物公園がにわかに現実化してきたことを嬉しく思います。最後に、典々堂の髙橋典子さんには、偶然のような出会いからわずか数か月で、歌集刊行まで導いていただきました。お二人に、お礼を申し上げます。

二〇二五年一月二〇日

大橋　弘

大橋 弘 略歴

1966年 東京生まれ
1999年 詩集『かいまみ』
2003年 歌集『からまり』
2013年 歌集『used』
2018年 歌文集『東京湾岸 歌日記』
2020年 歌集『既視感製造機械』

歌集 夢見坂廃物公園

2025年4月24日 初版発行

著 者 大橋 弘

発行者 髙橋典子

発行所 典々堂
〒101-0062 東京都千代田区神田駿河台2-1-19
アルベルゴお茶の水323
振替口座 00240-0-110177

組 版 はあどわあく 印刷・製本 渋谷文泉閣

©2025 Hiroshi Ohashi Printed in Japan
定価はカバーに表示してあります